FRANZ

POUPÉE D'IVOIRE

Nuits sauvages

T.1

EDITIONS Glénat

Dépôt légal : février 1988
Achevé d'imprimer sur les presses d'Intergraphie - 42000 St-Etienne -

EN EUROPE, ENTR'AUTRE, CES TEMPS LÀ ÉTAIENT SAUVAGES. ON SE SOUVENAIT DES INCURSIONS D' ATTILA, LE FLEAU DE DIEU...
LES HOMMES DU NORD DESCENDAIENT DANS DES RAIDS DE PLUS EN PLUS FRÉQUENTS...
SOUS LA BANNIÈRE D'ALLAH ET DE MAHOMET, LES MAURES MONTAIENT À L'ASSAUT DES VIEUX TERRITOIRES ABANDONNÉS PAR ROME...
ET C'ÉTAIT AINSI PRESQUE PARTOUT DANS LE MONDE...
1

NUITS SAUVAGES

AVANCEZ, VOUS DEUX... ET TOI, LÀ... YU LIEN... QU'EST-CE QUE TU FICHES, CLOUÉE SUR PLACE, HEIN ?...
PARDONNEZ-MOI, EXCUSEZ LA MISER...
SILENCE, CHIENNE! MONTE DANS TA CHAMBRE AVEC TES AMIES... VITE!
HÉ!
CES NOBLES VISITEURS ET LEUR SUITE MANGERONT CE SOIR?
BIEN SÛR, JE MANGERAI... ET DE LA VIANDE ENCORE! MAIS AUPARAVANT NOUS DISCUTERONS DU PRIX QUE TU VAS OSER ME DEMANDER... LES FILLES PRENDRONT UN BOL DE RIZ ET DES LÉGUMES SALÉS... DANS LEUR CHAMBRE!
TIENS!... AVANT DE M'ENDORMIR!
CESSE DONC DE TE MORFONDRE AINSI. C'EST NOTRE SORT. IL EST ÉCRIT ET NOUS N'Y POUVONS ABSOLUMENT RIEN CHANGER...
EXACTEMENT, YU LIEN! ÉCOUTE LES SAGES CONSEILS DE TES COMPAGNES. TU VAS CONNAÎTRE UNE NOUVELLE EXISTENCE ET IL SERAIT PEUT-ÊTRE SOUHAITABLE QUE TU T'Y HABITUES DÈS MAINTENANT... HI! HI! HI!...
3
FRANZ 87

ALLONS! NE FAIS PAS TA MIJAURÉE! ...TU AS BIEN VU LES JOURS PRÉCÉDENTS COMMENT JE PROCÉDAIS AVEC TES AMIES. TOI, JE TE GARDAIS POUR LA FIN...
HI! HI! TU OUBLIES QUE J'AI TOUT VU DE TOI LORSQUE JE T'AI ACHETÉE ... PETITE YU LIEN... ET QUE TON MÉTIER SERA PRÉCISÉMENT DE DONNER DU PLAISIR AUX HOMMES...
KLAFK
WWWW
?
GH!
ZZAHK
VENEZ M'AIDER ... VOUS AUTRES!
!?
?

NON!
NON!
P...P... PITIÉ!!

QUAND TOUS SE FURENT ÉCROULÉS, IVRES DE VIN D'ALCOOL, DE SEXE ET DE SANG... SEUL TIMOK RESTA DEBOUT...
AU PETIT MATIN...
FRANZ 1987
7

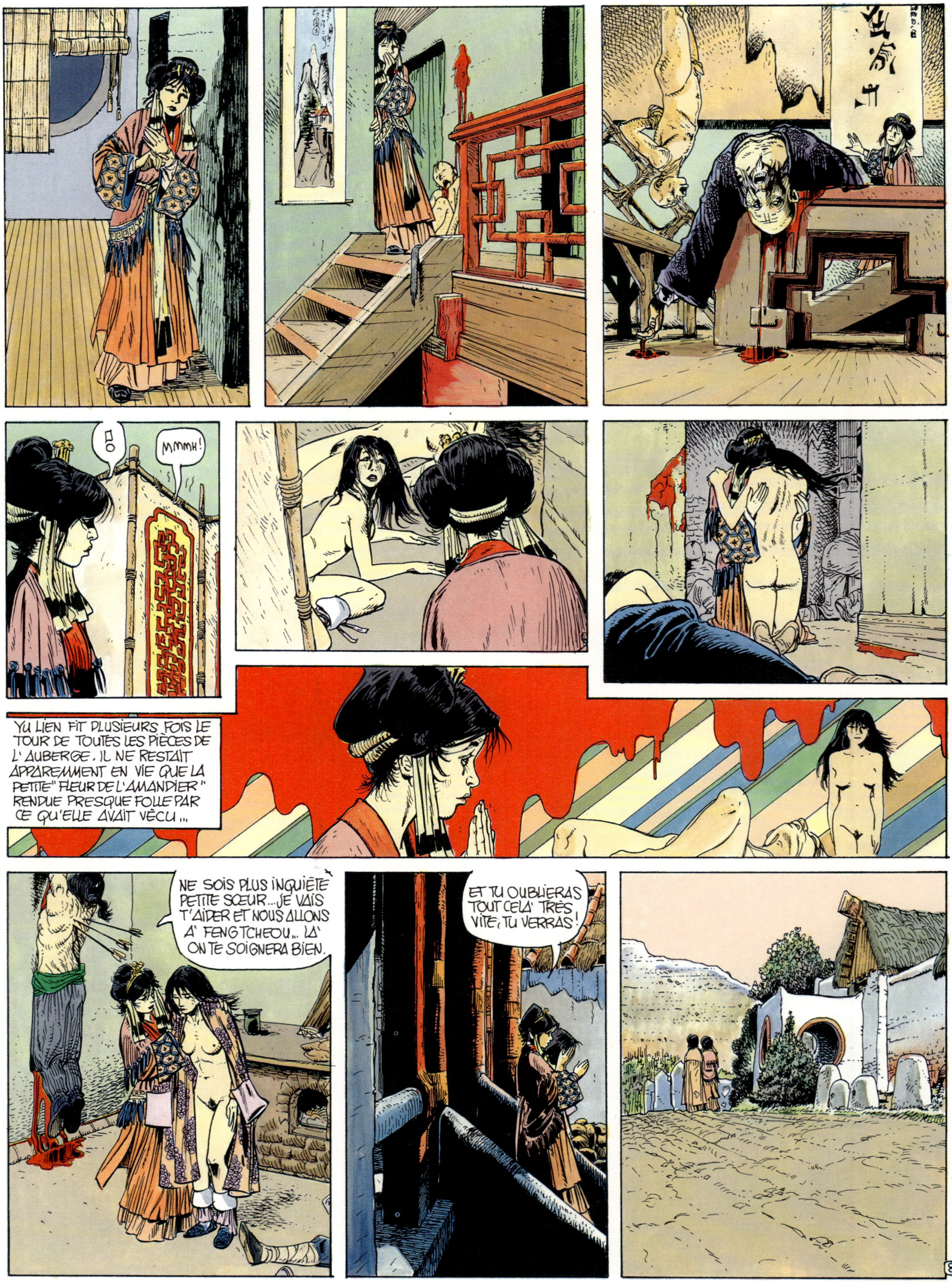

!
MMMH!
YU LIEN FIT PLUSIEURS FOIS LE TOUR DE TOUTES LES PIÈCES DE L'AUBERGE. IL NE RESTAIT APPAREMMENT EN VIE QUE LA PETITE "FLEUR DE L'AMANDIER" RENDUE PRESQUE FOLLE PAR CE QU'ELLE AVAIT VÉCU...
NE SOIS PLUS INQUIÈTE PETITE SŒUR... JE VAIS T'AIDER ET NOUS ALLONS À FENG TCHEOU... LÀ ON TE SOIGNERA BIEN.
ET TU OUBLIERAS TOUT CELA TRÈS VITE, TU VERRAS!
8

NE ME LAISSEZ PAS LAISSEZ... P...PAS... PETITS BOUTONS DE FLEURS... S'IL VOUS PLAIT !...
?
NON ! NON !
CESSE DONC BON SANG ! IDIOTE !
JE SUIS TELLEMENT ... DÉSOLÉ... DE VOUS... AU... AVOIR EFFRAYÉES ... M... MAIS...
... TELLEMENT DÉSOLÉ... JE SUIS MÉPRISABLE... ILS ILS M'ONT LAISSÉ POUR MORT... J'AI PU RAMPER POUCE PAR POUCE DANS CES BAMBOUS... JE... JE NE POUVAIS RIEN FAIRE D'AUTRE...
NON ! TU NE POUVAIS PAS... VIENS MONTRE-MOI CETTE BLESSURE... JE VAIS ARRANGER CE PANSEMENT !
ET ILS SE MIRENT EN ROUTE...
JE VOUS RETARDE JE LE SAIS... JE SUIS UN POIDS INUTILE POUR VOUS ...
!?!
HÉ ! VIEUX ! TU ES F...
CHHTT ! ...
MAIS ?
CCHHT !

TIMOK! LÀ-BAS!! CERTAINEMENT DES RESCAPÉS DU RELAIS! ... ILS...
OUI... JE SAIS... J'AI VU!
J'AI VU... DEPUIS LONGTEMPS, DÉJÀ... NOUS N'Y TOUCHONS PAS!
MAIS!
C'EST COMME J'AI DIT! TU VEUX QUE JE TE RAPPELLE QUI ET CE QUE JE SUIS ?!!?
!?
JE NE CROIS PAS QU'ILS NOUS AIENT REPÉRÉS! ... NE BOUGEZ SURTOUT PAS!
JE V... VIENS D'ÊTRE MORDU PAR UN SERPENT. IL... IL NE M'A PAS... PAS LÂCHÉ, ENCORE... PAR PITIÉ, SORTEZ VITE D'ICI MAIS CACHEZ-VOUS BIEN... P... PETITES... FLEURS...
10

CE N'EST DONC QUE LE LENDEMAIN QU'ELLES ARRIVÈRENT À FENG TCHEOU ÉPUISÉES ET LES PIEDS EN SANG.
HONORABLES SOLDATS... CONDUISEZ-NOUS AUPRÈS DU MAGISTRAT RESPONSABLE DE CETTE CITÉ... S'IL VOUS PLAÎT...
?!
!?
NOUS... NOUS AVONS À LUI FAIRE PART DE CHOSES BIEN GRAVES...
VOUS AVEZ PROBABLEMENT ÉTÉ VICTIMES DE BANDITS DE GRANDS CHEMINS... NOUS METTONS CETTE ERREUR SUR LE COMPTE DES BRUTALITÉS QUE VOUS AVEZ DÛ SUBIR
OH! JE VOUS ASSURE BIEN QUE NON... ET...
SUFFIT !...
SILENCE CHIENNE!
LAISSEZ!
VOTRE IMPERTINENCE MÉRITERAIT VINGT COUPS DE FOUET! MAIS VOUS AVEZ EU VOTRE COMPTE DE VIOLENCES CES DERNIERS JOURS... JE SERAI CLÉMENT. DEUX DE CES SOLDATS VONT VOUS CONDUIRE À LA MAISON DE FLEURS OÙ VOUS DEVIEZ VOUS RENDRE.
C'EST TOUT!
11

AINSI FUT FAIT...
TOI, TU VAS TE REPOSER UN PEU PUIS, TU ME RACONTERAS!
ET... ET FLEUR DE L'AMANDIER?
TU N'AS PLUS À T'EN INQUIÉTER, NI À T'EN OCCUPER NI À POSER DE QUESTIONS!
VOUS PENSEZ VRAIMENT QUE CE SONT DES BANDITS QUI...?
BIEN SÛR QUE NON!... MAIS LA PANIQUE AURAIT GAGNÉ LA POPULATION DE CETTE VILLE... PUIS DE LA RÉGION!...
IL SERAIT DANS CE CAS INDISPENSABLE D'ENVOYER QUELQUES HOMMES VÉRIFIER... AU RELAIS... PUIS ... UN COURRIER AU PRÉFET... NON?...
ILS AURAIENT DONC ENTAMÉ DES OPÉRATIONS DE RECONNAISSANCE POUR JUGER DE NOS FORCES?... MAIS UNE CHOSE ME CHIFFONNE! POURQUOI AVOIR LAISSÉ LA PETITE YU-LIEN EN VIE?... SANS MÊME Y TOUCHER?... HUH!? POURQUOI? DE TOUTES FAÇONS, IL FAUT QU'ELLE SE TAISE!...
TU SAIS QU'IL Y A DES MOMENTS OÙ TU ES BIZARRE?
JE COMMENCE À M'EN RENDRE COMPTE... FIGURE-TOI!
12

mmh... mmh...
!?
?!
...mmmh!
Oh!
FLEUR DE L'AMANDIER! VOUS N'...
DU CALME PETITE CURIEUSE!
JE N'AIME PAS DU TOUT QUE L'ON DÉRANGE MES CLIENTS, SURTOUT QUAND ILS S'AMUSENT BIEN... ET TU NE COMPTAIS PAS PARTICIPER À LEURS ÉBATS, JE SUPPOSE ... PETITE COLOMBE!
TU M'AS AFFIRMÉ ÊTRE INTACTE ET J'AI VÉRIFIÉ QUE C'ÉTAIT VRAI. C'EST BEAUCOUP DE CHANCE CAR JE T'AURAIS PUNIE SÉVÈREMENT POUR CE QUE TU VIENS DE FAIRE... MAIS VOILÀ! J'AI DES PROJETS BIEN PLUS AMBITIEUX POUR TOI ...
ENFERME-LÀ!!
QU'EST-CE QUE C'EST QUE CETTE MAISON SI MAL TENUE OÙ ON DÉRANGE LES BONS CLIENTS?
PARDONNEZ-NOUS MONSIEUR N'GONG! CELA NE SE REPRODUIRA PLUS. VOULEZ-VOUS NOUS PERMETTRE DE VOUS OFFRIR QUELQUES PLATS RECONSTITUANTS ??
CONSIDÉREZ VOUS QUE J'EN AI BESOIN MADAME YI? HU??
13

MAIS ENFIN, TIMOK ! QUE CHERCHES-TU ? N'AS-TU PAS VU CETTE FEMELLE DANS LES ROSEAUX ?
J'AI CRU LA VOIR. JE VEUX EN ÊTRE CERTAIN !
ATTENTION !
ZOKH
HOW !
DRANJI !!
IIRH
RRHH
AH ! AH ! AH !
TIMOK... FILE !
VA-T-EN VITE !... ET VENGE MOI !
14

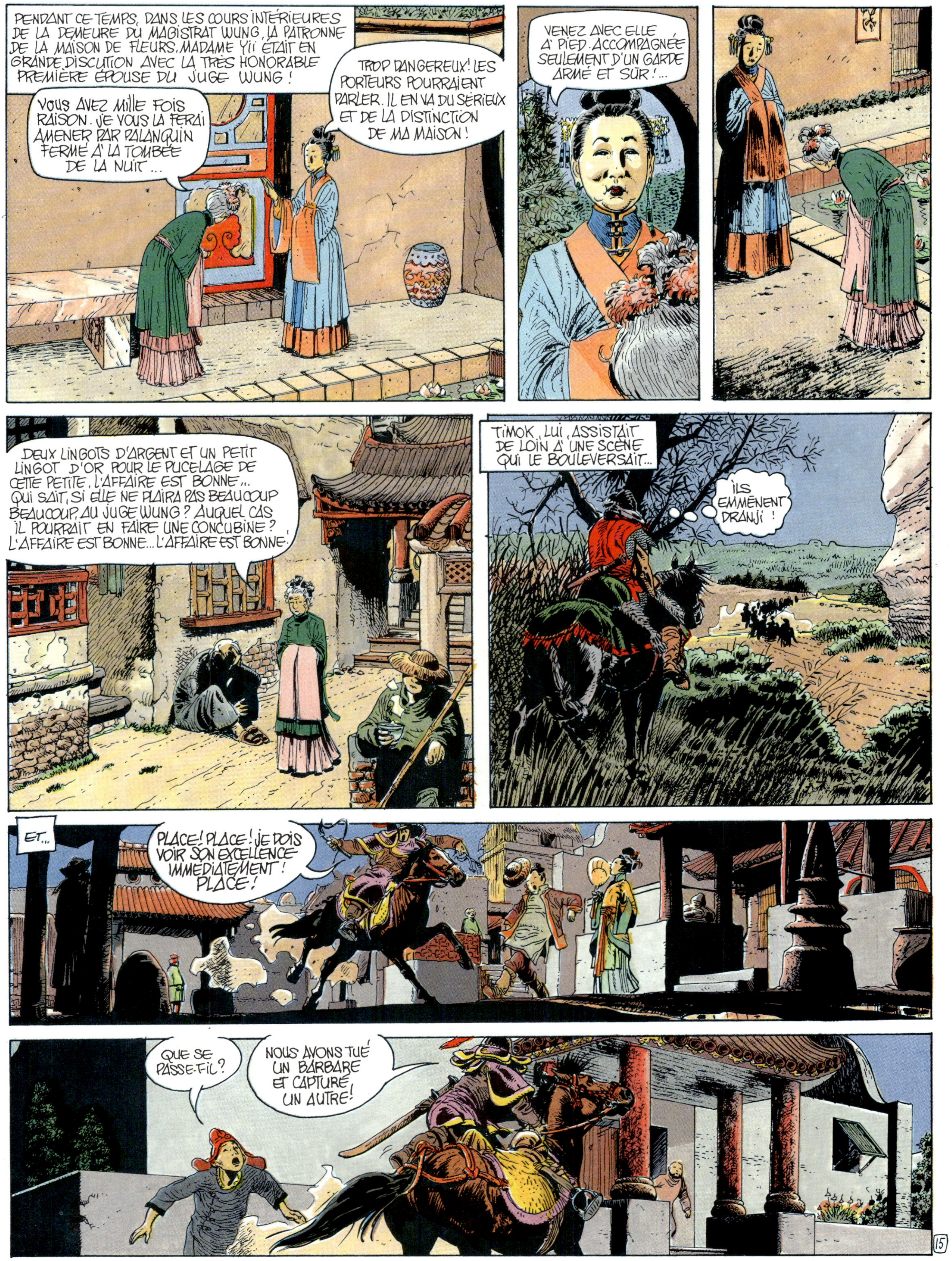
PENDANT CE TEMPS, DANS LES COURS INTÉRIEURES DE LA DEMEURE DU MAGISTRAT WUNG, LA PATRONNE DE LA MAISON DE FLEURS, MADAME YII ÉTAIT EN GRANDE DISCUTION AVEC LA TRÈS HONORABLE PREMIÈRE ÉPOUSE DU JUGE WUNG !
VOUS AVEZ MILLE FOIS RAISON. JE VOUS LA FERAI AMENER PAR PALANQUIN FERMÉ À LA TOMBÉE DE LA NUIT...
TROP DANGEREUX ! LES PORTEURS POURRAIENT PARLER. IL EN VA DU SÉRIEUX ET DE LA DISTINCTION DE MA MAISON !
VENEZ AVEC ELLE À PIED. ACCOMPAGNÉE SEULEMENT D'UN GARDE ARMÉ ET SÛR !...
DEUX LINGOTS D'ARGENT ET UN PETIT LINGOT D'OR POUR LE PUCELAGE DE CETTE PETITE, L'AFFAIRE EST BONNE... QUI SAIT, SI ELLE NE PLAIRA PAS BEAUCOUP BEAUCOUP, AU JUGE WUNG ? AUQUEL CAS IL POURRAIT EN FAIRE UNE CONCUBINE ? L'AFFAIRE EST BONNE... L'AFFAIRE EST BONNE.
TIMOK, LUI, ASSISTAIT DE LOIN À UNE SCÈNE QUI LE BOULEVERSAIT...
ILS EMMÈNENT DRANJI !
ET...
PLACE ! PLACE ! JE DOIS VOIR SON EXCELLENCE IMMÉDIATEMENT ! PLACE !
QUE SE PASSE-T-IL ?
NOUS AVONS TUÉ UN BARBARE ET CAPTURÉ UN AUTRE !
15

ILS ONT ATTRAPÉ UN BARBARE!
?!
DES BARBARES? CEUX DU RELAIS?
PROBABLEMENT. EN TOUS CAS PLUSIEURS SONT PRIS!
NOS SOLDATS ONT ÉTÉ FANTASTIQUES ILS RAMÈNENT DES PRISONNIERS!
JE VOUS AVAIS BIEN DIT QUE CES CRIMES NE RESTERAIENT PAS LONGTEMPS IMPUNIS... ET...
DÉJÀ PLUSIEURS ONT ÉTÉ TUÉS...
...TUÉS...
EST-CE TOI, BARBARE SURPRIS DANS LE RELAIS DE TSIEN FUNG HUONG QUI EST RESPONSABLE DU MASSACRE?
VAS-TU RÉPONDRE IMMONDE CHIEN GALEUX?
RETOURNE TE CACHER DANS LES JUPES DE TA MÈRE QUE TU N'AS JAMAIS CESSÉ DE TÉTER!
ET BIEN VOILÀ!! COMMENCEZ PAR DONNER TRENTE COUPS DU FOUET LE PLUS DUR À CET INSOLENT BARBARE!

16

ET...
RANIMEZ-LE EN LUI FAISANT RESPIRER DES VAPEURS DE VINAIGRE BRÛLANT !
PTOUHH
SOUMETTEZ-LE À LA TORTURE... MAIS SANS QU'IL MEURE SURTOUT !
EXCELLENCE ! POURQUOI LE TORTURER ? IL NE PARLERA PAS !
POUR LE PLAISIR. ET JE LE FERAI TUER PLUS TARD... POUR L'EXEMPLE !
DOUCEMENT ! ARRÊTEZ ! LE JUGE A DIT QU'IL NE DEVAIT PAS MOURIR ... POUR L'INSTANT...
COMBIEN D'HOMMES... OÙ SONT-ILS ? ...POURQUOI ? ...
JE... JE REGRETTE P... PAS D'ÊTRE VE... VENU... C'EST LÀ... LA PREMIÈRE FOIS QUE J'ENTEND UN... UN PORC QUI PARLE...
TOUT COMPTE FAIT... CONTINUEZ ENCORE UN PEU... UNE SUGGESTION ! IL Y A ENCORE BEAUCOUP DE DENTS DANS CETTE GRANDE BOUCHE BARBARE !
17

TOUTE LA JOURNÉE, JE LUI AI FAIT LA LEÇON. CETTE MISÉRABLE FERA TOUT CE QU'IL FAUT POUR TENTER D'APPORTER UN PEU DE JOIE ET DE PLAISIR À SON EXCELLENCE LE TRÈS HAUT MAGISTRAT WUNG !
JE N'EN DOUTE PAS !
VOICI LA MOITIÉ DE LA SOMME CONVENUE LE RESTE DANS HUIT JOURS, SI TOUT VA BIEN...
VOUS AUTRES. CONDUISEZ-LA À SA CHAMBRE ET PRÉPAREZ-LA J'IRAI VÉRIFIER ENSUITE !
IL EST BIEN AGRÉABLE DE TIRER LES FICELLES DANS L'OMBRE, N'EST CE PAS, HONORABLE PREMIÈRE ÉPOUSE WUNG FENTSEN ?... L'OEIL DU MAGISTRAT AVAIT PÉTILLÉ QUAND ELLE LUI AVAIT EXPLIQUÉ CE QU'ELLE PRÉPARAIT POUR SA JOIE !!! ...
IL EST TRÈS IMPORTANT QUE MON SEIGNEUR ET MAÎTRE SOIT HEUREUX ET ÉQUILIBRÉ IL PUISERA BEAUCOUP DE YIN POUR SON YANG DANS CETTE JOLIE ET TRÈS JEUNE VIERGE... ELLE NE LE RESTERA PLUS LONGTEMPS ! HI ! HI ! BEAUCOUP DE FORCES ET DE PUISSANCE !
CETTE POULE STUPIDE DE TROISIÈME CONCUBINE VA ÊTRE FOLLE DE RAGE ! ELLE QUI PENSE TENIR SOLIDEMENT JUGE WUNG PAR SA TIGE DE JADE ... HI ! HI ! HI !...

18

DEUX HEURES PLUS TARD, IMPATIENT LE MAGISTRAT ENTRAIT DANS LA CHAMBRE OÙ ATTENDAIT YU LIEN ...
BONJOUR PETIT OISEAU !
中国日誌
ALLONS ! ALLONS ! N'AIES PAS PEUR... JE SERAI TRÈS GENTIL ... PEUT-ÊTRE !
19

HRGH
KNOKK
JE REVIENDRAI GROS PORC !
C'EST COMME SI TU ÉTAIS DÉJÀ MORT !
RATTRAPEZ-LE ! SAUTEZ À CHEVAL ET RAMENEZ LE MOI !
PARDON EXCELLENCE ! !!!
NOS... NOS CHEVAUX SONT AUX ÉCURIES ET IL SERA LOIN AVANT QUE NOUS PUISSIONS NOUS METTRE EN ROUTE !
HUMPFT !
20

PLUS TARD...
?
?
C'EST LA TÊTE DE TSENG...
IL AVAIT ÉTÉ ENVOYÉ AUPRÈS DU GOUVERNEUR CE MATIN... AVEC DU COURRIER ET UNE DEMANDE DE TROUPES.
JE TE JURE QUE JE N'AIME PAS ÇA !
QUE VA FAIRE LE JUGE ?
21

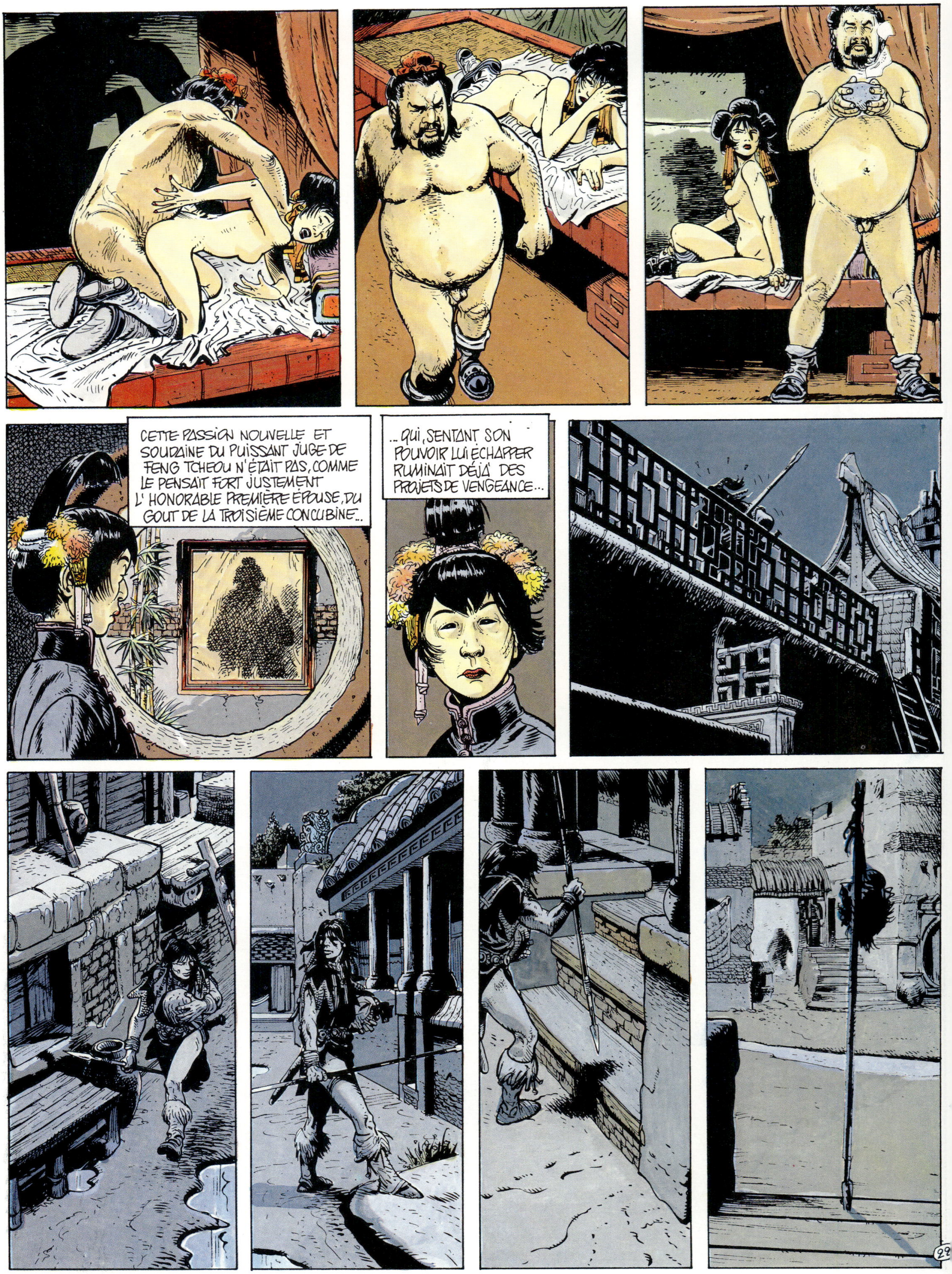
CETTE PASSION NOUVELLE ET SOUDAINE DU PUISSANT JUGE DE FENG TCHEOU N'ÉTAIT PAS, COMME LE PENSAIT FORT JUSTEMENT L'HONORABLE PREMIÈRE ÉPOUSE, DU GOUT DE LA TROISIÈME CONCUBINE...
...QUI, SENTANT SON POUVOIR LUI ÉCHAPPER RUMINAIT DÉJÀ DES PROJETS DE VENGEANCE...

COURS PRÉVENIR LE JUGE... JE VEILLE À CE QU'ON NE TOUCHE À RIEN...
MOINS DE DIX MINUTES APRÈS...
C'EST LA TÊTE DE XUNG TAN YEN... IL ÉTAIT AVEC WA YHONG PRÉPOSÉ À LA PORTE EST !
C'ÉTAIT UN SOLDAT FIDÈLE ET COURAGEUX !
ALLONS VOIR CE QUI SE PASSE À LA PORTE EST !
PORTEZ CETTE TÊTE AU CONTRÔLEUR DES DÉCÈS ... QU'IL TROUVE UNE SOLUTION POUR LA CONSERVER INTACTE JUSQU'AUX OBSÈQUES !
MAIS LÀ-BAS, LES NOUVELLES N'ÉTAIENT GUÈRE PLUS RÉJOUISSANTES...
23

HORS DE QUESTION QUE NOUS TE SUIVIONS DANS TA FOLIE. CE QUE TU VEUX NOUS FAIRE ACCOMPLIR EST SANS RAPPORT AVEC NOTRE MISSION...
MON NOM EST TIMOK FILS AÎNÉ DU GRAND KALIBER KHAN ! ET VOUS ALLEZ M'OBEIR !
¡MPOSSIBLE!
NOUS DEMANDER DE PRENDRE CETTE VILLE ? ALLONS ! TU N'AS PLUS AUCUN SENS DES RÉALITÉS. NOUS NE SOMMES QU'UNE POIGNÉE ET MÊME SI NOUS RÉUSSISSIONS, PAR MIRACLE, A QUOI CELA SERVIRAIT-IL ?
J'AI TUÉ LEURS ENVOYÉS J'AI TUÉ DES GARDES. SEUL JE SUIS ENTRÉ EN VILLE... SERIEZ-VOUS DEVENUS DES LÂCHES, DES PLEUTRES ???
TU N'ES QU'UN JEUNE COQUELET STUPIDE. JAMAIS TON GLORIEUX PÈRE N'ACCEPTERAIT TES ÉLANS RIDICULES.
JE VAIS T'ARRACHER LA LANGUE VIEILLARD !
TENTE PLUTÔT D'ARRACHER LA MIENNE SI TU L'OSES...SOT PRÉTENTIEUX ! ET LE VAINQUEUR FERA SUBIR SA LOI ! ... TU ES D'ACCORD ?
!?
IL Y A DES ANNÉES QUE J'ATTEND CE MOMENT, TIMOK. JE NE T'AI JAMAIS AIMÉ ET JE VAIS TE LE FAIRE SENTIR AVEC MON POIGNARD...

25

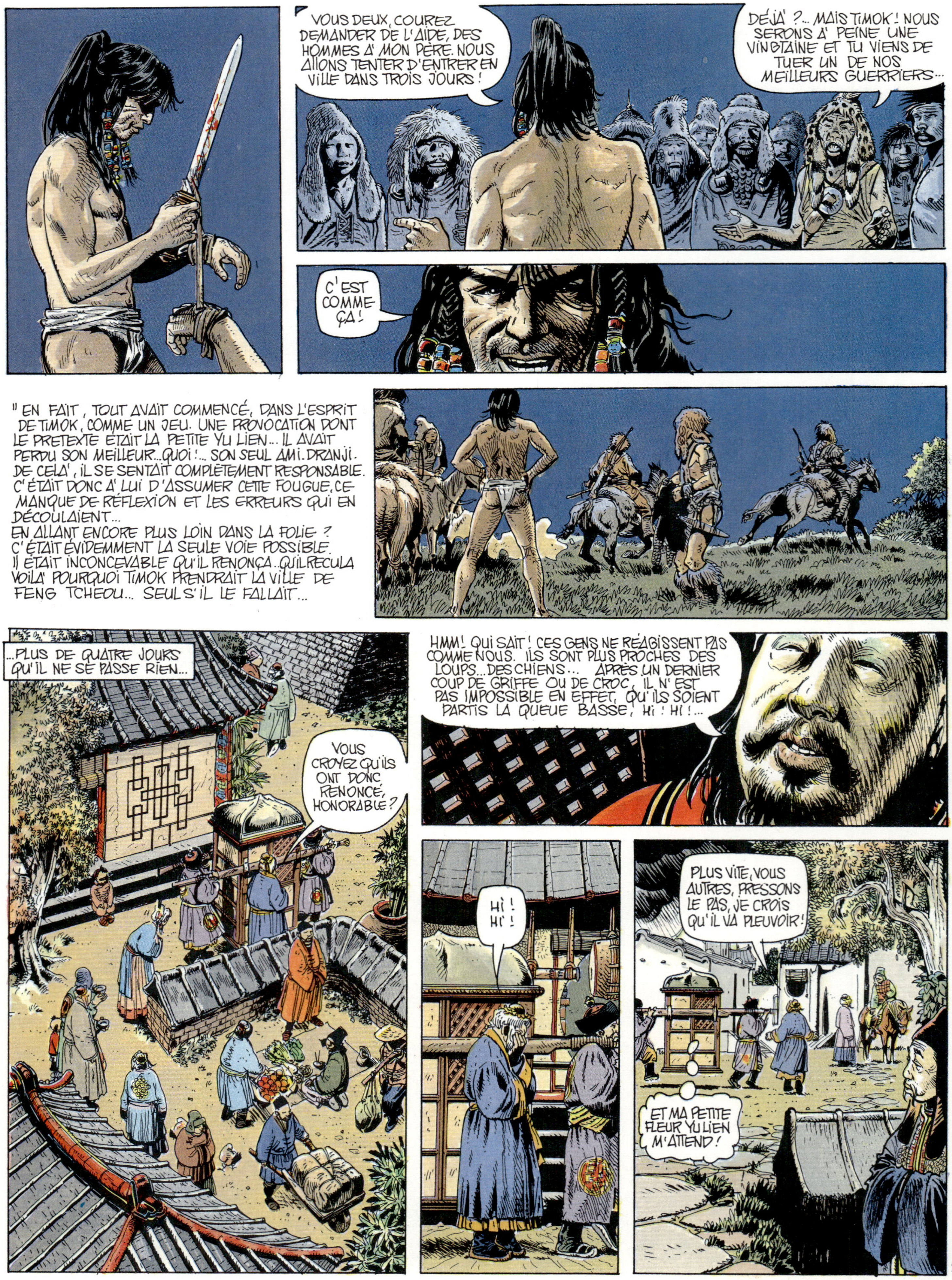
VOUS DEUX, COUREZ DEMANDER DE L'AIDE, DES HOMMES À MON PÈRE. NOUS ALLONS TENTER D'ENTRER EN VILLE DANS TROIS JOURS !
DÉJÀ ?... MAIS TIMOK ! NOUS SERONS À PEINE UNE VINGTAINE ET TU VIENS DE TUER UN DE NOS MEILLEURS GUERRIERS...
C'EST COMME ÇA !
" EN FAIT, TOUT AVAIT COMMENCÉ, DANS L'ESPRIT DE TIMOK, COMME UN JEU. UNE PROVOCATION DONT LE PRÉTEXTE ÉTAIT LA PETITE YU LIEN... IL AVAIT PERDU SON MEILLEUR... QUOI !... SON SEUL AMI. DRANJI. DE CELA, IL SE SENTAIT COMPLÈTEMENT RESPONSABLE. C'ÉTAIT DONC À LUI D'ASSUMER CETTE FOUGUE, CE MANQUE DE RÉFLEXION ET LES ERREURS QUI EN DÉCOULAIENT...
EN ALLANT ENCORE PLUS LOIN DANS LA FOLIE ? C'ÉTAIT ÉVIDEMMENT LA SEULE VOIE POSSIBLE. IL ÉTAIT INCONCEVABLE QU'IL RENONÇA... QU'IL RECULA VOILÀ POURQUOI TIMOK PRENDRAIT LA VILLE DE FENG TCHEOU... SEUL S'IL LE FALLAIT...
...PLUS DE QUATRE JOURS QU'IL NE SE PASSE RIEN...
VOUS CROYEZ QU'ILS ONT DONC RENONCÉ, HONORABLE ?
HMM ! QUI SAIT ! CES GENS NE RÉAGISSENT PAS COMME NOUS. ILS SONT PLUS PROCHES DES LOUPS... DES CHIENS... APRÈS UN DERNIER COUP DE GRIFFE OU DE CROC, IL N'EST PAS IMPOSSIBLE EN EFFET, QU'ILS SOIENT PARTIS LA QUEUE BASSE, HI ! HI !...
HI ! HI !
PLUS VITE, VOUS AUTRES, PRESSONS LE PAS, JE CROIS QU'IL VA PLEUVOIR !
ET MA PETITE FLEUR YU LIEN M'ATTEND !

VIENS TE METTRE À L'ABRI... QUEL IDIOT SORTIRAIT PAR UN TEMPS PAREIL?
HMM!!
DLAKT
?!
TAKLACK
TAKLACK
TAKLACK
27

TAKLACK
TAKLACK
TAKLACK
TAK
TAKLACK
!
?
TAKLACK
TAKLACK
?
TAKLACK
!
TAKLACK
TAKLACK
SUIVEZ-MOI... SI NOUS ARRIVONS À PRENDRE UN PERSONNAGE IMPORTANT EN OTAGE, NOUS NOUS EN TIRERONS.
TAKLACK
DOMM
DOOMMM
DOOMM
DOOMMMDOOMMM
DOODOOMM
DOMM
DOOMM DOOMM
?!!

REVEILLE-TOI ! ALLEZ, DEBOUT, JUGE IL SE PASSE QUELQUE CHOSE DEHORS !!
HEIN ?! ! QUE !.. QUOI ? QUE SE PASSE-T-IL ?
ECOUTE LE GONG... TOUT CE BRUIT... JUGE WUNG !
?!
!!
DOOMMMMM
ET BIEN SÛR, LE HASARD AVAIT DÉCIDÉ DE FAIRE LES CHOSES AU MIEUX...
LE TRIBUNAL TRAVERSÉ EN QUELQUES ENJAMBÉES, TIMOK PÉNÉTRA SANS S'EN DOUTER DANS LES LOGEMENTS RESERVÉS AU JUGE WUNG...
TU NE SAIS PAS CE QUE TU FAIS ! TU NE SAIS PAS OÙ TU ES, NI OÙ TU NOUS MÈNES ! NOUS ALLONS MOURIR COMME DES CHIENS, COMME DES RATS !
29

MAIS ! OH ! C'EST ICI ! CHEZ MOI. TOUT CE REMUE-MÉNAGE ! OÙ SONT MES GARDES... MES CONSEILLERS ?
LES BRUITS S'INTENSIFIÈRENT. SURTOUT CELUI D'UNE COURSE LE LONG DES GALERIES DE BOIS DU JARDIN D'HIVER ...
TIMOK QUI ARRÊTE SON ÉLAN ! ... ÉTONNÉ.
PAR ICI !
LA TROISIÈME CONCUBINE WUNG NE MANIFESTAIT AUCUNE CRAINTE SOUS LA FRÊLE LUMIÈRE AGITÉE PAR LE VENT
WIRLBÖ PENSA QU'ELLE AVAIT TORT ...
TIMOK EUT LA MÊME IMPRESSION MAIS CELA L'ARRANGEAIT... IL VOULAIT UNE DIRECTION, UN BUT. PERDU-PERTURBÉ QU'IL ÉTAIT... LA FEMME LUI EN AVAIT INDIQUÉ UNE ... C'ÉTAIT TRÈS BIEN....
CE N'EST VRAIMENT PAS LE MOMENT ! LAISSEZ-LA TRANQUILLE !
TROP TARD...
!?!
LES... LES BARBARES ? ICI ?!
C'EST UN FAUNE QUI SAUTA À LA GORGE DU MAGISTRAT.
30

LE CHEF DE CES PORCS ! L'HOMME QUI A FAIT TUER DRANJI !
KNOPK !
OOOFF !
OH ! ELLE ! ELLE, ICI !?! MAIS C'EST !!
LE BARBARE !?!
MAINTENANT, TOI, TU VIENS AVEC MOI !... JE NE TE LACHE PLUS COMPRIS ?
!?
TIMOK ! TU NE VAS PAS DIRE QUE NOUS FAISONS TOUT CELA POUR CETTE FILLE ? POUR UNE FEMELLE ?! CHIEN ! JE VAIS TE TUER !
CHHUT !
PAS UN BRUIT !
NOUS ALLONS LES AVOIR TOUS !
ALLEZ !
ZLAKT
ZLAKT
PATSS
AAA
ZOFTS

TU PEUX ME LACHER, VA ! AU CONTRAIRE, SUIS-MOI JE SAIS COMMENT SORTIR D'ICI : VIENS !
JE NE PEUX PAS LAISSER MES HOMMES
NE SOIS PAS STUPIDE ! ALLONS !
LA PLUIE AVAIT CESSÉ BRUSQUEMENT, MAIS LE CIEL RESTAIT LOURD DE REPROCHES... ON NE VOYAIT PAS LES ÉTOILES.
FFSSSHHHH
FFSSSHH
FFSSSHH
FFSSSHHHHH
DAOOM
DBAOOMM
CBLAAOOMM
ET LE JUGE WUNG ? NE RISQUONS-NOUS PAS DE LE BLESSER ?
IL EST PLUS QUE PROBABLEMENT MORT AINSI QUE SES GENS... D'AILLEURS, J'AI BIEN CRU RECONNAÎTRE SON CORPS COUVERT DE SANG...
APRÈS TOUT, NE SUIS-JE PAS LE MIEUX PLACÉ POUR SUCCÉDER À CE GROS PORC ?.. LE TEMPS QUE PÉKIN RÉAGISSE ET IL NE POURRA QU'ENTÉRINER UN ÉTAT DE FAIT...

C'EST DE LA MAGIE ! ILS ONT APPELÉ LES DÉMONS À LEUR AIDE ! ILS SONT TROP PUISSANTS !!!
TOUT AU PLUS DES BOUTS DE METAL DANS DU PAPIER, AVEC DE LA POUDRE NOIRE !
JE NE COMPRENDS PAS !
PLUS TARD... QUITTONS D'ABORD CET ENDROIT !
TU ESSAIERAS D'EXPLIQUER COMMENT UNE DE TES ÉPINGLES À CHEVEUX SE TROUVE PLANTÉE DANS LA GORGE DE TON MARI L'HONORABLE MAGISTRAT WUNG ... Ô PREMIÈRE ÉPOUSE...
ARGHH !
IL... IL N'ÉTAIT PAS MORT ! JE... C'EST MOI QUI L'AI ASSASSINÉ !!!
AARHH
QUELQUES INSTANTS APRÈS...
S...SEIGNEUR JUGE !... C'EST HORRIBLE !
HI ! HI ! JE LE SENTAIS !
INCROYABLE ! PERSONNE DANS LES RUELLES, ILS DEVAIENT TOUS ÊTRE PLANQUÉS AU FOND DE LEURS TERRIERS OU ALORS RASSEMBLÉS DEVANT LE TRIBUNAL DE FENG-TCHEOU.
33

OÙ M'EMMÈNE-TU ?
JE NE T'EMMÈNE PLUS, NOUS Y SOMMES...
!?!
C' EST LA MAISON DE FLEURS. SI TU TUES LA PERSONNE QUE JE VAIS TE DESIGNER LÀ-DEDANS, JE TE SUIVRAI ! JE T'AIDERAI ET JE FERAI TOUT CE QUE TU VOUDRAS !
ELLE !
!?
T... TOI, ICI, MA PETITE COLOMBE !.. QU... QUELLE JOIE DE TE VOIR !
ATTENDS !
F... FLEUR DE L'AMANDIER ! C'EST MOI YU LIEN !
MMMH
AAAAH
AAAAAAH
NOPT
HHRR !
34

QUE ?... C'EST... C'EST QUOI, TOUT CE BRUIT ? HMM ??
CHTOMPT
BRAVO !
ATTENTION ! QUELQU'UN VIENT ... UNE TROUPE... CACHONS-NOUS !
EFFECTIVEMENT À L'EXTERIEUR...
IL NE DOIT PLUS EN RESTER BEAUCOUP ! REGARDEZ DANS CHAQUE RECOIN DE CE QUARTIER ! VOUS QUATRE, AVEC MOI ! ... VOUS AVEZ DE LA CHANCE, C'EST PEUT-ÊTRE LA MAISON LA PLUS AMUSANTE À FOUILLER !
BON ! FAUTE DE TROUVER DU BARBARE, ESPÉRONS QUE CES ALCOVES RECÈLENT DE LA CHAIR FRAÎCHE...
PAS ICI EN TOUS CAS !
J'EN AI UN, TOUT SEUL ! MAIS VU SON ÉTAT, J'VOIS PAS POURQUOI IL SERAIT EN GALANTE COMPAGNIE. HI ! HI ! HI !
RRRZZZ
35

QU'ALLONS-NOUS DÉCOUVRIR ?
DANS CELLE-Ci ?
UNE LAME POUR TA GORGE !
RH
HÉ !
QU'EST CE-QUE CETTE FURIE ?
BNOPTTT
C'EST... C'EST LA FOLLE ! JE L'AI EUE UNE FOIS OU DEUX JE ME DEMANDE COMMENT ELLE A PÛ SE LIBERER ??
VENEZ VITE, ON VIENT DE TROUVER LE CORPS DE LA VIEILLE MAÎTRESSE YII DANS LA RUELLE... DERRIÈRE...
PPFF... ILS SONT PARTIS !
NE TRAINONS PLUS ICI !!
36

MAINTENANT, IL FAUT VRAIMENT NOUS DÉPÊCHER CAR LE JOUR NE VA PAS TARDER À SE LEVER...
MAIS... TOUTES LES PORTES DOIVENT ÊTRE GARDÉES ?!?
C'EST BIEN POUR ÇA QUE NOUS NE PASSERONS PAS PAR ELLES !!...
?!
AH-BRAA!
VOILÀ CE QUE JE CHERCHAIS!
HÉ!?
ALLEZ SAUTE!
AAH! ÇA JAMAIS! TU ES FOU? CE SONT LES ÉGOUTS. AVEC TOUTES LEURS SALETÉS... PAS QUESTION!
AÏE!
J'AI DIT: SAUTE!
OOOOH! ... HOOOOH!
SILENCE!
MMMH
37

JE TE RÉPÈTE QUE J'AI ENTENDU UNE DES BÊTES HURLER ! ...
PEUT-ÊTRE UNE FEMELLE EN CHALEUR ! HI ! HI ! HI !
C'EST VRAI QUE J'ENTENDS SOUVENT LA TIENNE ... GUEULER QUAND TU N'ES PAS LÀ ! MÊME QU'ELLE SE CALME VITE QUAND TES COPAINS VONT VOIR CE QUI NE VA PAS ! ...
!?
ENFIN ! QUAND JE DIS QU'ELLE SE CALME ! ... ELLE POUSSE DES CRIS DIFFÉRENTS ... C'EST TOUT ...
FILS DE CHIENNE ! ... IMMONDE POURCEAU !
HI ! HI ! HI !
TIENS-TOI DONC TRANQUILLE, IDIOTE !
MMMH !
VOILÀ ! JE CROIS QU'ILS S'EN VONT !
MMH ...
JE PEUX LA LÂCHER ! ...
!?
KEUF KEUF !
IMBÉCILE ! POUAAH ! J'AVAIS LA BOUCHE PLEINE DE CETTE PUANTEUR POUAH ! ... JE ... JE CROIS QUE JE VAIS ... VOMIR ... TOUTES MES ENTRAILLES C ... C'EST ... HO ... HORRIBLE ... BEURGH !
TU EN FAIS DES HISTOIRES POUR PAS GRAND'CHOSE !
QUOI ? ... BEURGH !
TIENS ! SI ON AVAIT LE TEMPS, JE ME LA FERAIS BIEN, LA PETITE FOLLE ... SA CHAIR COMMENCE À ME REMUER L'ENVIE ... MÊME ICI ! ..
OH !
ECOUTE ! NOUS ALLONS REMONTER CE LÉGER COURANT. D'APRÈS CE QUE J'AI PU VOIR, C'EST UN BRAS DE RIVIÈRE DÉTOURNÉ, QUI "LAVE" LA VILLE. L'EAU DEVRAIT ÊTRE DE MOINS EN MOINS SALE ET NOUS CONDUIRE À L'EXTÉRIEUR ...
SI TU VEUX, MOINS ÇA PUE, PLUS ON APPROCHE !
38

JE CROIS QUE NOUS Y SOMMES REGARDE !
ÇA VA ?
OUI ! OUI ! ET CESSE DE ME POUSSER JUSTE LÀ !
L'EAU DE LA RIVIÈRE EST DÉTOURNÉE VERS LES BASSINS DES " NOTABLES " L'EXCÉDENT SERT À NETTOYER LES ÉGOUTS D'OÙ NOUS VENONS... LA SORTIE EST JUSTE LÀ, DEVANT...
À PROPOS ! JE CROIS QUE TON AMIE N'EST PLUS TRÈS TRÈS VIVANTE
QUOI ?!
DE TOUTES MANIÈRES, IL FAUT D'ABORD ALLER VOIR S'IL N'Y A PAS UNE GRILLE OU UNE HERSE QUI FERME L'ACCÈS... "FLEUR DE L'AMANDIER" NOUS GÊNERAIT... NOUS LA REPRENDRONS APRÈS AVOIR VÉRIFIÉ !
L'EAU A BEAUCOUP MONTÉ AVEC LES PLUIES DE CETTE NUIT... ATTENDS-MOI ! JE VAIS ESSAYER DE ME RENDRE COMPTE !
38

OH NON !... AH! LES IMBECILES, ELLE NE VA PAS JUSQU'AU FOND ... ELLE EST À PEINE DESCENDUE ... MAIS !!!
QU'EST-CE QUE C'EST QUE... ON DIRAIT... DES MAILLES ... UN FILET !!
VOILÀ ! C'EST BIEN CE QUE JE CRAIGNAIS ! ...
BIEN SÛR !
C'EST BEAUCOUP PLUS PROFOND QU'À LA SORTIE ! IL FAUDRA QUE LA PETITE NAGE ! ...
J'ESPÈRE QU'ELLE SAIT ! ...
AH ! TE VOILÀ ENFIN ! J'AI SI PEUR... SI FROID !
ARRH !
LÀ !
LÀ !! J'EN VOIS ! ...
VENEZ VITE ! ...
MEEW
MEEW
MMEEEWW
40

CHHHT ! LÀÀÀ ! JE T'AI DIT QU'ELLE ÉTAIT SUREMENT DÉJÀ MORTE...
TU NE PEUX PAS COMPRENDRE !
SANS DOUTE !
TIENS ! PRENDS ÇA ET REMONTE-LE JUSQU'AU BOUT. C'EST TOUT SIMPLEMENT UN FILET QU'ILS AVAIENT PLACÉ POUR PRENDRE LES POISSONS ENTRAÎNÉS PAR LE COURANT... JE L'AI DÉTACHÉ EN PARTIE. IL VA NOUS MENER À LA SORTIE !...
VOILÀ... DOUCEMENT ! NOUS Y SOMMES ! NOUS SOMMES SAUVÉS MON PETIT POISSON !
ENCORE UN PEU DE COURAGE... NOS CHEVAUX NE SONT PAS CACHÉS BIEN LOIN...
41

FAIS TOUJOURS ATTENTION DE BIEN RESTER DANS L'OMBRE DES ARBRES...
MEEERDE ! C'EST QUELQU'UN À NOUS... ENFIN ...JE VEUX DIRE...
JE LA CONNAIS, C'EST LA FOLLE DE LA MAISON DE FLEURS. MAIS REGARDE ! JE CROIS BIEN QU'ELLE ÉTAIT DÉJÀ MORTE AVANT, SON SANG NE COULE PAS !
ILS N'ONT PAS PU ALLER LOIN... ILS DOIVENT ÊTRE COINCÉS DANS LE CONDUIT... PAR LA HERSE !
NON !
LA GRILLE NE VA MÊME PAS À MOITIÉ ! LE MÉCANISME EST CASSÉ DEPUIS BIEN LONGTEMPS ET PERSONNE N'A JAMAIS SONGÉ À LE FAIRE RÉPARER
?!
HÉ ! VOUS POURRIEZ-ME DONNER UN COUP DE MAIN !
!?
TURFO ! C'EST MOI TIMOK !
?!
JE CROIS BIEN ÊTRE LE SEUL SURVIVANT TURFO !
APRÈS LE BRUIT QUE J'AI ENTENDU ET TOUT CE FEU ET CES LUMIÈRES... JE M'ÉTONNE MÊME QU'IL Y EN AI UN... MAIS... C'EST QUOI, CELLE-LÀ !
MAINTENANT, ELLE EST AVEC MOI ! ... AVEC NOUS ! À CHEVAL, VITE ILS NE VONT PAS TARDER À SORTIR...

NON! PAS CELUI-LÀ! DONNE-LUI LE BAI DE WARRONK. IL EST PLUS SÛR ET PLUS RAPIDE! ... ET PUIS DÉTACHE LES AUTRES ...
!?!
JE... JE N'AI JAMAIS FAIT ÇA, TIMOK!
MAIS LE CHEVAL, OUI! CONTENTE-TOI DE RESTER DESSUS!... SANS LE GÊNER. POUR LE RESTE... LAISSE LE AGIR!...
ILS GALOPÈRENT ET TROTTÈRENT VERS L'OUEST PENDANT DES HEURES. À LA LIMITE JUSTE D'ÉPUISER LEURS CHEVAUX
JE N'EN PEUX PLUS!
POUR LES PIEDS, ÇA VA! GRÂCE À LA PLUIE NOUS N'AVONS PAS TROP USÉ LA CORNE MAIS IL NE FAUDRAIT PAS QU'IL Y AIT BEAUCOUP DE CAILLASSE, MAINTENANT
JE SUIS AFFAMÉE!
TIENS! MÉLANGE CECI AVEC UN PEU D'EAU DE LA GOURDE!
QU'EST-CE QUE C'EST?
DU LAIT DE JUMENT SÉCHÉ.
POUAH! ÇA PUE! C'EST... DÉGOÛTANT!
ALORS, MANGE DE L'HERBE, OU FAIS COMME MOI!
43

TU VAS LE TUER ?! ET PUIS... C'EST... IMMONDE !
... PAS PLUS QUE GOBER UN OEUF !
JE ME DEMANDE ! ...
PTOUH !
COMMENT ÇA SE PASSE ... PTOUH !
LÀ BAS !
PREMIÈRE ÉPOUSE DE L'HONORABLE MAGISTRAT WUNG. VOUS ÊTES ACCUSEÉ D'AVOIR VOULU ASSASSINER VOTRE
NON
C'EST FAUX ! MAIS JE VOUS JURE QUE CE N'EST PAS VRAI ! S'IL POUVAIT PARLER. S'IL POUVAIT BOUGER. JE VOUS ASSURE QU'IL VOUS DIRAIT QUE CE N'EST PAS VRAI !
PAS VRAI !

MADAME PREMIÈRE ÉPOUSE WUNG, EUT ÉGARD AU RANG QUE VOUS AVEZ OCCUPÉ LE TRIBUNAL QUE JE REPRÉSENTE ICI NE VOUS INFLIGE QUE DIX COUPS POUR VOUS PUNIR DE VOTRE INSOLENCE !!
APRÈS LE FOUET, IL EST BIEN ENTENDU QUE VOUS AUREZ LA TÊTE TRANCHÉE MADAME WUNG FEN TSEN !
JE SUIS CERTAIN QUE L'HONORABLE MAGISTRAT QUI DOIT NOUS ENTENDRE M'APPROUVE ENTIÈREMENT !
NON !
LOIN DE LÀ...
ILS SONT LÀ... JE LES AI VU ! TON PÈRE ET LES GUERRIERS TIMOK ! ILS SONT JUSTE LÀ DERRIÈRE !
OÙ EST MON PÈRE ? OÙ EST LE GRAND KALIBER KHAN !??
MAIS ! ... ICI, MON FILS ! ET JE SUIS BIEN HEUREUX DE TE REVOIR CAR J'AI DE NOMBREUSES QUESTIONS À TE POSER !!
45

ET JE TE CONSEILLE D'Y RÉPONDRE AVEC LA PLUS GRANDE HONNÊTETÉ ET LA PLUS GRANDE PRÉCISION.
OH, CELA ALLA TRÈS VITE. LE TEMPS DE S'ARRÊTER, DE MONTER LA YOURTE DE KALIBER KHAN... ET L'INTERROGATOIRE COMMENÇA, IL DEVAIT DURER DES HEURES...
PUIS, LE CHEF SE RETIRA SOUS SA TENTE AVEC QUELQUES ANCIENS... POUR RÉFLÉCHIR...
ET...
TIMOK, MON FILS! ALORS QUE TU AVAIS À APPRENDRE, À ACQUÉRIR LES QUALITÉS QUI FONT UN CHEF UN BON, UN VRAI, TU AS FAILLI À TOUS TES DEVOIRS ET TU N'AS PLUS PENSÉ QU'À TOI! BEAUCOUP D'HOMMES SONT MORTS PAR TA FAUTE... POUR TON ÉGOÏSME...
MAIS!
TU ES DEVENU UNE BÊTE, Ô MON FILS. UN ANIMAL, PENSANT À SES SEULES ENVIES, À SES SEULS PLAISIRS... NOUS TE TRAITERONS DONC EN ANIMAL... C'EST LA SEULE CHOSE APPAREMMENT QUE TU PEUX COMPRENDRE...
?!
MAIS UN ANIMAL PEUT-ÊTRE AUSSI UN GIBIER, TIMOK!... VOICI LES GRIFFES QUE NOUS T'OFFRONS POUR TE DÉFENDRE TOI ET TA FEMELLE CONTRE LA MEUTE QUI VA VOUS TRAQUER...
DANS SA GRANDE MAGNANIMITÉ KALIBER KHAN LEUR LAISSA TROIS HEURES D'AVANCE...
46
FRANZ IX 1987